AF235598

Kennen Sie Rom?

Vorweg

An meinem 11. Geburtstag war ich mit meinen Eltern das erste Mal in Südtirol. Wir wohnten in einer kleinen Pension in Partschins. Ich erinnere mich an viele schöne Wanderungen, die die Wirtin mit uns unternahm. An sommerlich heiße Tage, Süßkirschen, Südtiroler Äpfel und meine ängstliche Neugier, bei einer dieser Wanderungen eine (giftige!) Viper zu entdecken. Ich erinnere mich an den Hund der Wirtsfamilie, ein freundlicher Collie, der sich jeden Morgen alleine auf den Weg in den Ort machte, um unsere Semmeln fürs Frühstück zu holen. Den Korb trug er einfach am Bügel im Maul. Im Korb lag das Portemonnaie und wenn er zurück kam die gefüllten Bäckertüten.

Und ich erinnere mich an den Enkel der Wirtin, der ungefähr in meinem Alter war. Er fuhr mitten im Juli zum Skitraining auf den Hochjochferner im Schnalstal. Ich habe ihn mit größter Sprachlosigkeit grenzenlos beneidet. Zu der Zeit stapfte ich mit meinen Ski bei magerem Schnee im Winter in unserem hessischen Mittelgebirge herum.

Es hat ungefähr 40 Jahre gedauert, bis ich dann auch das erste Mal zum Skifahren im Schnalstal war. Grandios! Längst hat das Skigebiet in den heißen Sommermonaten geschlossen. Und wenn man sich Fotos der letzten Jahrzehnte vom Hochjochferner anschaut, dann bekommt man einen erschreckenden Eindruck von den Veränderungen, die der Klimawandel verursacht.

Heute ist Südtirol für meine Frau und mich längst zweite Heimat geworden. Wir sind regelmäßig mehrmals im Jahr dort und teilen beide immer noch die kindliche Begeisterung für den Schnee im Winter und die traumhaften Bergtouren im Sommer.

Als ich dann Anfang 2017 bei einem gemütlichen Abend mit Südtiroler Freunden das Angebot bekam, für das Lana Gemeindeblatt (ein wenig aus psychiatrisch- therapeutischer Sicht) eine Monatskolumne zu schreiben, war ich begeistert und habe gleich zugesagt. Mein Dank gilt deshalb der Redaktion des Gemeindeblattes für ihr Wohlwollen meinen Texten gegenüber und ganz besonders auch Karl Terzer, einem Südtiroler Freund, der mir diese Tür öffnete!

Kennen Sie Rom?

Kennen Sie Rom? Ich meine nicht die Hauptstadt Italiens, die sieben Hügel, das Colosseum, das Forum Romanum, die ewige Stadt. Sondern das politische, administrative Verwaltungs-Rom. Als Südtiroler kennen Sie es. Ich bin mir sicher. Es sei denn, Sie haben das Glück irgendwo über der Baumgrenze zu leben oder wenigstens im Innerulten. Dann können Sie sich davon vielleicht fern halten.

Oder aber Sie sind Deutscher auf Urlaub in Meran. Für uns Deutsche ist Südtirol nämlich so was wie das Ideal aus zwei Welten: Alpen trifft auf Adria, Knödel auf Chianti (Bitte, liebe Urlauber, greift lieber zu Lagrein!) oder so ähnlich.

Funktioniert ja bei uns in Deutschland auch: Seehofer trifft Merkel, Hofbräu meets Berghain, oder so ähnlich. Und weil Urlaub immer eine gute Portion Illusion enthält, glauben wir als Südtirolurlauber ganz gerne, dass Ihr mit den Römern schon ganz gut zurecht kommt. Schließlich brauchen wir auf der Alm nicht auf den perfekten Espresso verzichten und dürfen weltgewandt (wie wir sind, seit wir mit Berlin eine Hauptstadt haben, deren Mutterspache Englisch ist) nur zu gerne ein Ciao hauchen, wenn wir Bozner Boutiquen betreten. Herrlich! Und über allem scheint auch noch die Sonne! Wie könnte es euch also besser gehen, Ihr Gastgeber?

Aber seit ich mich im Oktober letzten Jahres entschieden habe, eine Zulassung für meinen Beruf als Facharzt für Psychiatrie und Psychotherapie in Italien zu bekommen, um in Südtirol arbeiten zu können, habt Ihr mich auf Eurer Seite. Ich bin nämlich gerade dabei, das Verwaltungs- Rom kennenzulernen.

Ich bin großer Freund der EU. Und weil ich das bin, dachte ich auch, dass es eigentlich ganz einfach ist, als EU-Bürger in jedem anderen EU- Land problemlos wohnen und arbeiten zu können. Ich habe ja wirklich keinen sehr ausgefallenen Beruf. Schließlich weiß jeder so ungefähr, was Ärzte machen, und im Großen und Ganzen machen sie in ganz Europa so ziemlich das Gleiche. Also bin ich in Bozen zur Ärztekammer gegangen, um meine Zulassung für Italien zu beantragen.

„Kein Problem", sagte man mir dort, „einfach die notwendigen Formulare hier auf der Liste nach Rom ans Gesundheitsministerium senden und in drei Monaten bekommen Sie die Genehmigung!"

Kein Problem also. Ich muss nur ein paar Urkunden kopieren, die Kopien beglaubigen lassen und von einer von deutschen Gerichten oder italienischen Konsulaten bestellten Übersetzerin ins Italienische bringen lassen. Stempelmarke drauf und ab nach Rom.

Drei Monate später bekam ich tatsächlich Post. Es genügte nicht, dass ich unter anderem eine Urkunde über meine Anerkennung als Arzt in Deutschland (natürlich beglaubigt und übersetzt) sowie eine Urkunde als Facharzt (natürlich beglaubigt und übersetzt) nach Rom gesandt hatte, ich sollte auch bitte noch mein Studienzeugnis einreichen (natürlich beglaubigt und übersetzt). Und meine Doktorurkunde. (natürlich beglaubigt. Aber nicht übersetzt. Sie ist in Latein verfasst. Ich dachte mir, dass die Römer Latein vielleicht doch verstehen könnten.)

Drei Monate später bekam ich Post. Mein Zeugnis über den Studienabschluss reiche nicht, ich möge doch bitte noch eine genaue Auflistung mit den einzelnen Prüfungsergebnissen und erreichten Punkten nachreichen (beglaubigt und übersetzt.) Ich habe mein Studium 1998 an der Universität Erlangen abgeschlossen. Damals gab es solche Punkte noch gar nicht, wir erhielten Scheine für jede abgelegte Prüfung. Ich habe dann mal beim Prüfungsamt meiner alten Uni angerufen. Man will mir jetzt eine Bescheinigung ausstellen, die besagt, dass man mir eine solche Bescheinigung nicht ausstellen könne, weil es dieses Punktesystem noch gar nicht gegeben hat. Ich werde diese Bescheinigung beglaubigen und übersetzen lassen. Sobald ich das erledigt habe, schicke ich sie nach Rom. Und in drei Monaten schaue ich dann mal in meinen Briefkasten.

Die EU mag ich trotzdem noch.

Kennen Sie Johanna Quaas?

Vor einem Monat hatte ich Sie gefragt, ob Sie Rom kennen. Die Antwort war ja eigentlich klar. Aber kennen Sie Johanna Quaas? Die Japaner jedenfalls kennen angeblich genau zwei Deutsche: Angela Merkel und Johanna Quaas. Bis vor ein paar Tagen kannte ich nur eine von beiden. Johanna Quaas habe ich dann in einem Video auf facebook zum ersten Mal gesehen. Ich konnte gar nicht genug von ihr bekommen. Sie ist Turnerin. Ihre Lieblingsdisziplin ist der Barren. Und das macht sie ganz ausgezeichnet. Aber das eigentlich besondere daran ist ihr Alter. Sie ist 92! Wenn ich Menschen in höherem Alter sehe, die noch derart aktiv sind, dann begeistert und fasziniert mich das immer wieder. Am gleichen Tag hatte ich ein paar Stunden zuvor eine 92-jährige Bewohnerin eines Altenheimes gesprochen. Ich wurde zu ihr gerufen, weil sie am Morgen gesagt hatte, dass sie des Lebens müde sei. „Wissen Sie, in meinem Alter macht das alles keinen Spaß mehr!". Ich erwiderte, dass ich mir eigentlich vorgenommen hätte, 102 zu werden. Ob sie mir das etwa nicht empfehlen könne? „Nein, auf keinen Fall!", es sei doch alles viel zu mühevoll, und überhaupt, was man so alles mitmache, bis man so alt sei. Wir haben uns dann noch eine ganze Weile unterhalten, gemeinsam überlegt, was ihr auch mit 92 Jahren noch Freude bereiten könnte und was ihr die Tage erleichtern würde trotz ihrer körperlichen Beschwerden. Je mehr wir uns unterhielten, desto öfter huschte ein Lächeln über ihr Gesicht. Dabei schien es ein wenig so, als wolle sie eigentlich alles dafür tun, um bloß nicht zu lächeln oder gar positivere Gedanken zu haben. Aber als ich mich verabschiedete, konnte sie mir immerhin versprechen, dass wir uns in drei Wochen wiedersehen würden.

In der Medizin gibt es längst eigene Wissenschaftsbereiche, die sich ausschließlich mit dem Altern und dessen Folgen beschäftigen. Ein heute in Deutschland geborener Mensch darf mit einer durchschnittlichen Lebenserwartung von 80,3 Jahren rechnen. Ein Italiener sogar mit 82 Jahren. Wir alle werden immer älter und wollen diesen Prozess gut und möglichst mit wenigen Problemen meistern.

Sie kennen die vielen guten Ratschläge und medizinischen Empfehlungen, wie man gesund altert. Nicht rauchen, wenig Alkohol, wenig gesättigte Fettsäuren und viel Obst und Gemüse essen. Regelmäßig Sport machen, für ausreichend Schlaf sorgen, ein gesundes Maß an Rotwein genießen, wenig Fleisch konsumieren.....Die Liste ließe sich mit zahlreichen Empfehlungen fortführen, die uns täglich in den Medien und von der Wissenschaft aufs Neue präsentiert werden. Ich bin davon überzeugt, dass vieles davon auch gut und richtig ist.

Aber etwas anderes ist aus meiner Sicht noch viel wichtiger: Das Alter ist vielleicht ein Zustand, der uns mehr oder weniger verlässlich irgendwann aufgedrängt wird. Aber das Alter ist keine Krankheit! Zwar steigt das Risiko für bestimmte Erkrankungen, aber Schuld daran ist das Alter nicht. Lassen Sie uns das Alter nie als Begründung für etwas verwenden, das wir nicht haben oder nicht können. Schranken, die uns scheinbar Grenzen setzen, entstehen in der Regel erst in unseren Köpfen! Neugierig zu sein, zu lernen, mitzumachen, sich zu interessieren, sich einzulassen auf Neues, sich Ziele zu setzen auch sogar mit über 90 Jahren (so wie Johanna Quaas) bietet uns die Chance, auch wenn wir älter werden, ein lebendiges, erfülltes Leben zu genießen. Gehen Sie raus, machen Sie mit, schauen Sie, dass Sie hinauf kommen auf diese wahnsinnigen Berge hier um uns herum, so wie es mit Ihren Mitteln möglich ist. Atmen Sie durch, riechen Sie die Luft, spüren Sie den Wind, die Sonne und den Regen auf Ihrer Haut und genießen Sie das Bewusstsein, jetzt, hier, in dem einen Moment Ihre ganze Lebendigkeit mit all ihren Möglichkeiten zu spüren!

Und wer weiß, vielleicht beantrage ich ja irgendwann doch noch den italienischen Pass. Dann wäre ich meinem Ziel, die 102 zu erreichen, immerhin schon mal eineinhalb Jahre näher.

Über Urteile und Vorurteile

Als Psychiater passiert es mir relativ oft, dass mich andere mit einer Portion Neugier fragen, ob ich in meinem Beruf nicht ziemlich viele verrückte Menschen und Dinge erleben würde. Ehrliche Antwort? Nein, eigentlich nicht.

Jedenfalls kommt es mir nicht so vor. Alles, was ich in meinem beruflichen Alltag erlebe, bewegt sich in dem weiten Feld, was Menschen tun und wie sie sein können. Da gibt es den Kfz-Mechaniker, der genau 16 mal mit dem Zeigefinger auf die Motorhaube tippen muss, bevor er weiter arbeiten kann oder die junge Frau, die sich selbst nur spürt, wenn sie ihren Unterarm mit Deospray so lange vereist, bis eine großflächige Wunde entsteht und die alte, demenzkranke Dame, die seit Neuestem ihrem 87jährigen Ehemann ein Verhältnis mit der 93jährigen Nachbarin unterstellt. All diese Menschen in meiner Praxis kommen mir dabei so unendlich normal und menschlich vor, dass ich gar nicht sagen könnte, was an diesen Geschichten besonders oder am Ende sogar verrückt wäre. Aber schließlich höre ich solche Dinge auch fast jeden Tag. Durch meinen Beruf sind mir solche Geschichten inzwischen so vertraut, dass mich wenig wundert.

Neulich musste ich mich dann allerdings doch mal wundern. Es hatte gar nichts mit meinem Beruf zu tun. Ich habe mich einfach dabei ertappt, wie ich sprachlos wurde, als ich ganz privat und nach Feierabend zufällig einen Artikel über Petplay gelesen habe.

Ich bin mir nicht sicher, ob jeder weiß, was das ist. Bis dahin wusste ich es auf jeden Fall nicht. Menschen, die Petplay betreiben, haben den Wunsch, in die Rolle eines Tieres zu schlüpfen. Das kann ein Hund oder auch eine Katze sein, ein Haustier eben, oder auch ein Fuchs, ein Pferd, ein Bär, was auch immer. Und um dieser Leidenschaft nachzugehen, verkleiden sie sich, tragen Tiermasken und verhalten sich wie die Tiere, in deren Rolle sie schlüpfen. Sie verabreden sich dabei auch zu gemeinsamen Veranstaltungen und suchen einen Spielgefährten, oder auch ein Frauchen oder Herrchen. Wahrscheinlich denken Sie jetzt, dass es dabei irgendwie um Sexualität geht. Stimmt aber nicht. Es hat überhaupt nichts zu tun mit sexuellen Rollenspielen. Es geht einfach darum, in der Rolle des Tieres durch die Wohnung oder die Natur zu streifen und die Welt durch deren Augen zu erleben. Sich dabei von sämtlichen menschlichen Verpflichtungen befreit zu fühlen und einfach nur von Neugier und Instinkt geleitet zu werden. Petplayer erleben das als maximale Entspannung und Befreiung.

Ich habe mich in dem Moment dabei ertappt, wie ich mich darüber gewundert habe, was Menschen tun. Wie ich sie merkwürdig fand, wie ich sie mir vorgestellt habe und dachte, das ist doch nicht normal!

Mir fiel wieder mal auf, wie schnell wir alle mit unseren Urteilen über andere sind. Wie wir zu wissen glauben, was richtig und was falsch ist. Wie wir andere aburteilen, weil sie vielleicht etwas tun, was wir nicht kennen. Oder einfach, weil sie anders aussehen, als wir es gewohnt sind. So bilden wir uns oft in Wenigen Sekunden ein Urteil, glauben zu wissen, wie jemand tickt, obwohl wir in der Regel nicht mal ein einziges Wort mit diesem Menschen gewechselt haben. Und so werden aus Urteilen Vorurteile. Vorurteile sorgen dafür, dass wir schlecht über andere reden, den Kontakt mit ihnen vermeiden, sie diskriminieren bis hin zu Gewalt gegen andere.

Jeder von uns kennt solche Beispiele aus der Gegenwart und aus der Geschichte.

Manchmal ist es dann die Kunst, die uns einen Spiegel vor die Nase hält. So wie neulich, als im Museion in Bozen eine Arbeit des Tauferer Künstlers Michael Fliri entdeckt habe. Es gibt dort noch bis zum 17. September ein Foto zu sehen, das ihn auf dem Boden sitzend und als affenähnliches Wesen maskiert zeigt. Das Foto entstand 2009 anlässlich einer Ausstellungseröffnung im Museion. Fliri setzte sich in dieser Maskierung in eine Ecke und beobachtete das Publikum und dessen Reaktionen auf ihn. Schauen Sie sich das Foto mal an, wenn Sie in Bozen sind! Und wenn Sie Zeit und Lust haben, kommen Sie nach Kassel und besuchen Sie noch bis zum 17. September die documenta 14 (neben der Biennale von Venedig die wichtigste Ausstellung für zeitgenössische Kunst). Ich wohne ganz in der Nähe. Sagen Sie mir Bescheid, wenn Sie dort sind. Vielleicht sehen wir uns.

Sie mögen gar keine moderne Kunst? Sie finden, dass moderne Kunst gar nichts mehr mit „echter" Kunst zu tun hat? Das könnte ein Vorurteil sein. Es lohnt sich, daran zu arbeiten. Denn Vorurteile abzubauen, bedeutet, das eigene Leben um neue Erfahrungen reicher zu machen.

Über Zauberworte

Neulich war ich wieder mal in Berlin. Ich bin dort nicht ganz so oft wie in Südtirol. Aber immerhin ein paar Mal im Jahr. Mich verbinden sehr viele schöne, persönliche Erinnerungen mit der Stadt. Noch aus Zeiten vor der Wiedervereinigung. Ich habe damals ein paar Jahre in Westberlin gelebt.

Westberlin hatte ja bekanntlich eine Mauer drum rum und genoss einen irgendwie sonderbaren Sonderstatus. Es gehörte ganz offiziell nicht zum Staatsgebiet der alten Bundesrepublik und man konnte sich dort herrlich bequem aufhalten, ohne vom Rest der Welt belästigt zu werden. Ich weiß noch zu gut, wie unglaublich unfreundlich Berliner wirken konnten, wenn man ein Geschäft betrat und sich fast dafür entschuldigen musste, dass man etwas kaufen wollte. Oder wenn man es gewagt hatte, den Busfahrer zu fragen, ob man in der richtigen Linie sitzt.

Das ist jetzt alles anders. Und das ist, neben meiner persönlichen Verbundenheit mit der Stadt, der zweite Grund, warum ich so gerne dort bin. Vielleicht waren Sie in den letzten Jahren auch einmal dort. Die Stadt kann sich der Welt nicht mehr entziehen. Und das ist gerade in Berlin extrem erfrischend. Berlin ist lebendig, irgendwie immer noch unfertig, vieles ändert sich immer wieder, Menschen aus allen Ländern kommen, bleiben eine Weile oder sogar für immer. Und hinter all dem verschwindet der gute alte Westberliner mit seiner schnoddrigen und unfreundlich wirkenden Art. Ich glaube manchmal, dass Berlins Bevölkerung seit dem Mauerfall mindestens dreimal komplett ausgetauscht wurde.

Anders ist die völlig veränderte Stimmung hier in der Stadt kaum zu erklären.

Aber neulich habe ich sie dann doch entdeckt. Die leicht genervte, wenig freundlich- kommunikative Original-Berlinerin. Ich war nämlich zum Welt- Psychiatriekongress in der Stadt.

Als ich mich am Einlass zum Kongress in eine kleinere Schlange einreihte, hörte ich, wie eine Besucherin mit ihrem Kind von der am Einlass Aufsicht führenden Kongressmitarbeiterin zurechtgewiesen wurde. Das tat sie in unfreundlichem Ton und mit genervt wirkender Miene und dem immer wieder gleichen, bestimmenden Drei-Wort-Satz, mit dem sie die Besucherin schroff zum Anmeldeschalter verwies. Mich ließ sie, ohne eine einzige, freundliche Geste, passieren. Als ich schon ein paar Meter an ihr vorbei war, dachte ich mir, dass man dieser gestresst wirkenden Mitarbeiterin irgendwie helfen muss. Schließlich sollten noch vier weitere Kongresstage folgen. Wie würde sie das aushalten können? Abgesehen davon, welchen Eindruck sie bei meinen Kolleginnen und Kollegen, die aus aller Welt nach Berlin gekommen waren, hinterließ. Schließlich ist Berlin schon seit jetzt fast 28 Jahren nicht mehr eingemauert! Die Welt hat die Stadt also schon längst eingenommen.

Sie ahnen es schon. Ich bin ja sozusagen „vom Fach". Anstatt sie zurecht zu weisen, dass sie doch bitteschön mal ein wenig freundlicher sein könnte, habe ich sie lächelnd angeschaut und ihr gesagt, dass ihr Job sicher sehr anstrengend sei und sie momentan bestimmt viel Stress (ein Zauberwort, sage ich Ihnen. Wann immer sie es verwenden, darauf springt eigentlich jeder an) habe. Das hat vollkommen ausgereicht, um sie aus ihrem emotionalen Tunnel zu holen. Ihre Miene hellte sich schlagartig auf, sie lachte mich an. Wir wechselten noch zwei, drei freundliche Sätze und ich hatte ein wenig Hoffnung, dass ihr zumindest dieser Arbeitstag ein bisschen leichter von der Hand gehen würde.

Warum ich Ihnen das erzähle? Weil ich denke, dass wir auf oft einfache Art und Weise unser Miteinander unkomplizierter gestalten können. Wir können es in der Hand haben, wie wir auf andere reagieren. Ob unsere Antwort eher provoziert oder die Situation entspannt. Es kostet uns beides genauso viel. Nämlich genau einen Atemzug, um einen Satz zu sagen. Wenn wir versuchen, für einen Moment die Empfindungen und Gefühle unseres Gegenübers wahrzunehmen und einfach nur signalisieren, dass wir seine Empfindungen gut verstehen können (das heißt ja nicht, dass man mit den Gefühlen des Anderen einverstanden ist!), wirkt allein das schon Wunder! Dazu ein freundliches, zugewandtes Lächeln und der Rest funktioniert viel, viel besser. Das gelingt uns allen sicher nicht immer. Aber ich glaube, dass Sie als Südtiroler dafür eine ganz tolle und natürliche Begabung haben, viel besser als die Ur-Berliner! (Deshalb bin ich auch noch viel lieber in Südtirol als in Berlin. Abgesehen davon, dass min in Berlin weder Gipfel besteigen noch Skifahren kann).

Machen wir uns den Alltag ein bisschen leichter. Versuchen wir, statt prompt und emotional zu reagieren, einen Moment zu überlegen. Und Nutzen wir die Chance, unseren Mitmenschen zu helfen, ihren und unseren Tag ein wenig positiver werden zu lassen. Vielleicht haben Sie ja heute schon Gelegenheit dazu!

Mansplaining

Neulich ist es mir schon wieder passiert. Beim ersten Mal dachte ich noch, dass es Zufall ist. Inzwischen bin ich davon überzeugt, dass es der ganz normale Wahnsinn ist, dem sich Frauen in unserer Gesellschaft immer noch ausgesetzt sehen.

Ich wurde nämlich mal wieder für eine Frau gehalten. Das alleine wäre überhaupt nicht das Problem. Es stört mich meist nicht, für was die Menschen mich halten oder was sie über mich denken. Wenn wir auf solche Dinge nämlich allzu großen Wert legen, dann machen wir unser Selbstbild in höchstem Maße abhängig von anderen. Das behindert uns in unserer Entfaltung und schränkt uns in unseren persönlichen Möglichkeiten doch extrem ein. Ich bin deshalb davon überzeugt, dass uns allen eine Gesellschaft gut tut, die uns als Individuen möglichst so sein und leben lässt, wie es zu uns selbst passt. Kinder und besonders Jugendliche und junge Erwachsene können sich davon aber oft noch nicht so gut distanzieren. Für sie ist die Meinung der Freunde, die diese über sie haben, extrem wichtig. Sie dient ihnen zur Orientierung und Findung der eigenen Person. Wo gehöre ich hin? Wer bin ich? Wie möchte ich sein? Gerade deshalb brauchen Kinder in der Erziehung die Vermittlung von Toleranz und Unterstützung ihrer eigenen Persönlichkeit, damit sie lernen, sich selbstsicher, stark und unabhängig entwickeln zu können.

Aber zurück, zu der Tatsache, dass man mich für eine Frau hielt. Das Problem daran war nämlich, dass ich genau deshalb plötzlich anders und zu meinem Nachteil behandelt wurde! Sie ahnen es schon: natürlich von einem Mann.

In meinem speziellen Fall könnte man den Tatbestand noch als so genanntes Mansplaining bezeichnen. Eine, wie ich finde, ganz witzige englische Wortneuschöpfung, die das Wort Mann (man) und erklären (to explain) enthält und ausdrücken will, dass es eine typische Angewohnheit von uns Männern ist, Frauen die Dinge der Welt zu erklären.

Ich glaube, da ist ordentlich was dran. Vielleicht ertappen Sie (Mann) sich ja gerade dabei, wie Sie erst vor wenigen Tagen einer Kollegin erklärt haben, warum der Drucker im Büro gar nicht funktionieren kann, so sehr man sich auch durch alle Programme klickt. Oder Ihnen (Frau) fällt spontan ein, wie Sie sich völlig unaufgefordert anhören mussten, warum Trump den Kongress nicht braucht, wenn er mal wieder einfach so ein Dekret erlässt, obwohl Sie doch nur gesagt haben, dass Ihre Tochter noch ein weiteres Jahr in den USA bleiben möchte. Mansplaing bedeutet also, dass Männer Frauen irgendetwas erklären über eine Tatsache, von der sie glauben, dass Frauen davon keine Ahnung haben.

In meinem speziellen Fall war es so, dass ich, um Menschen in meiner Praxis psychotherapeutisch behandeln zu können, jeweils einen schriftlichen Antrag an die Krankenkasse des Betroffenen richten muss. Ein Gutachter (in meinen inzwischen mehr als dreizehn Praxisjahren gab es, soweit ich mich erinnere, nur ein einziges Mal eine Gutachterin!) entscheidet dann, ob die Kasse die Kosten übernehmen sollte. Das ganze ist an sich eine Routineangelegenheit. Offenbar aber nicht, wenn man solch einen Antrag als Frau stellt. Als man mich nämlich für eine Frau hielt (was in Deutschland leicht passieren kann, weil ein Doppelname, wie in meinem Fall, immer noch eine typische Frauendomäne ist) lehnte der Gutachter die Anträge jeweils ab. Dazu erhielt ich dann noch ein paar persönlich von ihm verfasste Zeilen, in denen mir,

Frau Dr. Weber-Isele, in belehrendem Ton erklärt wurde, was an meinem Antrag nicht in Ordnung sei.

Diese Erfahrung möchte ich nicht missen! Sie hat mir mal wieder deutlich gezeigt, wie nötig es ist, dass wir uns immer wieder bemühen, die Welt nicht nur mit unseren eigenen Augen zu sehen. Dass wir versuchen sollten, gerade zur Thematik der Gleichberechtigung den gedanklichen Rollentausch zu wagen. Das würde sicher viele hitzige, und aus meiner Sicht manchmal überzogene und das andere Geschlecht herabsetzende, Diskussionen zu diesem Thema unnötig machen. Vielleicht gelingt es Ihnen ja gelegentlich, dass Sie in scheinbar ganz alltäglichen Situationen einfach kurz überlegen, ob und was anders wäre, wenn Sie jetzt eine Frau/ ein Mann wären. Schreiben Sie mir. Ich bin gespannt!

Neulich in Schottland

Im Oktober war ich mit meiner Frau ein paar Tage in Schottland. Wir haben dort unsere Tochter besucht und unseren Herbsturlaub verbracht. Klimatechnisch hatten wir ungefähr eine Vorstellung davon, was auf uns zukommen würde: Wolken, Wind, Nebel und wahrscheinlich immer wieder auch Regen. Wir wurden nicht enttäuscht. Schnelle Wetterwechsel ließen die unglaubliche Landschaft Schottlands in oft dramatisch anderem Licht erscheinen und unterstrichen die wahnsinnige Schönheit der Highlands. Während wir uns schon vorher mit Regenjacken und warmen Mützen gut vorbereitet hatten, begegneten uns regelmäßig Schotten, die noch kurze Hosen trugen! Schließlich waren die Temperaturen fast immer zweistellig....! Und ab und zu kam sogar mal für einen Moment die Sonne raus, um danach wieder hinter riesigen Wolkentürmen zu verschwinden.

Es passte alles zusammen. Die faszinierende Schönheit der Landschaft und die Dramatik des Wetters, so dass wir gerade den Herbst als Reisezeit für Schottland perfekt fanden. Dazu kamen die Schotten, die Gelassenheit und einen besonderen Humor ausstrahlten. Und trotzdem fragten meine Frau und ich uns, wie es sich wohl so auf Dauer in einer Gegend leben lässt, die nicht unbedingt von der Sonne verwöhnt wird.

Nach unserer Rückkehr stellte sich dann der November ein. Ein Monat, der es zumindest in Deutschland nicht gerade leicht hat. Wenn Sie einen Deutschen nach dem November fragen, dann wird abgewinkt. Er gilt allgemein als der hässlichste Monat des Jahres. Dunkel, grau, trüb, und dazu noch Allerheiligen, Allerseelen und Totensonntag. Das reicht offenbar aus, um einem Großteil der Bevölkerung schlechte Laune zu verursachen. Solche Kommentare zum November höre ich gerade auch in meiner Sprechstunde fast täglich. („Ach, der November....ich gehe ja eigentlich gerne raus, aber bei dem Wetter...diese Dunkelheit, am liebsten möchte man sich ja nur verkriechen..." u.s.w.)

Tatsächlich spielt Licht eine extrem große Rolle, wenn es um unseren Schlaf- Wach-Rhythmus und unser seelisches Wohlbefinden geht. Licht reguliert unseren Hormonhaushalt. Wenn die Tage kürzer werden und wir weniger Licht abbekommen, steigt die Produktion von Melatonin im Gehirn an. Melatonin macht uns müde und sorgt dafür, dass wir schlafen. Es reguliert unsere ‚innere Uhr' und ist Schuld daran, dass wir in der Regel im Winter ein höheres Schlafbedürfnis haben. Manche Wissenschaftler gehen davon aus, dass die erhöhte Konzentration von Melatonin in unserem Gehirn im Winterhalbjahr sogar eine depressionsfördernde Wirkung haben könnte.

Neben dem vermehrten Schlafbedürfnis leiden manche Menschen in der dunkleren Jahreszeit deshalb auch regelmäßig an Lustlosigkeit, gedrückter Stimmung und Antriebslosigkeit. Symptome, die als Winterdepression (medizinisch auch als SAD bezeichnet – Seasonal Affective Disorder) schon lange bekannt sind. Daran ist aber nicht allein das Melatonin schuld, sondern ein anderes, für die Stimmung viel wichtigeres Hormon, das Serotonin. Die Prodkution von Serotonin hängt ebenfalls von der Lichtstärke ab, die unsere Augen wahrnehmen. Wenig Licht bedeutet weniger Serotonin. Und damit steigt das Risiko für depressive Beschwerden.

Betroffenen rate ich dann in den meisten Fällen zu einer Lichttherapie, bei der eine medizinische Lampe intensiv helles

Licht abgibt, das über das Auge im Gehirn eine Verminderung der Melatonin- und eine Erhöhung der Serotoninproduktion bewirkt.

Viel unkomplizierter ist es aber, gut vorzubeugen. Nämlich einfach dadurch, dass Sie raus gehen, dass Sie so viel wie möglich vom Tageslicht einfangen, auch wenn die Sonne nicht ganz so hoch am Himmel steht. Südtirol ist dafür bestens geeignet. Die Wetterdaten versprechen uns 300 Sonnentage im Jahr! Bleiben Sie aktiv, auch im Winter. Vielleicht fahren Sie ja auch so gerne Ski wie ich. In diesen Tagen öffnen die ersten Skigebiete. Ich jedenfalls freue mich auf einen sicher wieder perfekten Südtiroler Winter mit hoffentlich genauso traumhaftem Wetter wie die letzten Jahre.

Ihnen allen wünsche ich eine helle, eine sonnige und fröhliche Advents- und Weihnachtszeit!

Über die Wahrheit

Ganz ehrlich, wann haben Sie es zuletzt mit der Wahrheit vielleicht nicht so genau genommen? Ich meine diese kleineren Alltagslügen, Schwindeleien und Halbwahrheiten. Bei mir passierte es zum Beispiel vor ein paar Tagen erst. Als ich auf einer Skihütte in Österreich einen Kaiserschmarren bestellt hatte, der – um es freundlich zu sagen – nicht besonders gut war. Beim Zahlen fragte die Bedienung in der uns allen bekannten und üblichen Form, ob alles recht gewesen sei. Reflexhaft und höflich antwortete ich: „Ja, sehr gut! Danke." Statt einfach zu fragen, ob man dem Koch vielleicht mal bei der Rezeptur und Zubereitung ein wenig unter die Arme greifen dürfe.

Sie kennen solche Situationen. Sie begegnen uns im Alltag ständig. Momente, in denen wir die Wahrheit ein bisschen verdrehen, vielleicht einfach das Gegenteil von dem sagen, was wir meinen. Das tun wir aus Höflichkeit, aus Gewohnheit, um unser Gesicht nicht zu verlieren, um unser Gegenüber nicht unnötig zu verletzen oder einfach, um aus einer uns unangenehmen Situation irgendwie „elegant" raus zu kommen.

Stellen Sie sich vor, Sie würden immer und überall die knallharte Wahrheit sagen! (Zugegeben, wir Deutschen sind zwar oft schon erschreckend direkt, trotzdem kennen wir diese Höflichkeitslügen im Alltag auch zur Genüge.) Die Konsequenz wäre, dass es wahrscheinlich langfristig ziemlich einsam um Sie würde. All diese kleineren Höflichkeitslügen sind letztlich der Kitt, der unsere Gesellschaft zusammen hält und dafür sorgt, dass wir auf ein recht friedliches Miteinander hoffen dürfen.

Jemandem nicht die Wahrheit zu sagen kann aber auch ganz anders ausgehen. Ich denke an eine Geschichte, die ich vor einigen Wochen erlebt habe. Ein jüngerer Mann erzählte mir, dass er mit Frau, Kind und Schwiegereltern in den Urlaub wollte, aber nicht den Mut gehabt hatte, seiner Frau zu sagen, dass er statt der bereits gebuchten drei Urlaubswochen nur eine Woche Urlaub vom Arbeitgeber genehmigt bekommen hatte. Statt seiner Frau reinen Wein einzuschenken, verstrickte er sich in Lügen. Heimlich rief er seinen Chef aus dem Urlaub heraus an und gab vor, der Schwiegervater sei auf der Reise erkrankt, man könne noch nicht Heim kommen, er müsse noch im Ausland bei seiner Familie bleiben. Nachdem er an den Arbeitsplatz zurückgekehrt war, flog der Schwindel auf und ihm wurde fristlos gekündigt.

Die Auseinandersetzung mit seiner Frau konnte er durch viele Gespräche mit ihr klären. Seinen Arbeitsplatz hatte er aber verloren. Ich habe mich gefragt, was ihn wohl veranlasst hatte, sich so massiv in Lügen zu verstricken. War es nur die Angst vor dem Konflikt mit der Partnerin, dem er aus dem Weg gehen wollte?

Ganz gleich, warum er so handelte, letztlich musste er dafür teuer zahlen. Hätte er von Anfang an die Wahrheit gesagt, würde er heute noch seinen Job haben. Und die Auseinandersetzung mit seiner Frau wäre sicher nur halb so schwierig geworden.

Manchmal fühlt es sich sehr unangenehm an, zur Wahrheit zu stehen. Aber ich bin überzeugt, dass es in vielen Fällen die bessere Variante ist und sich Dinge dann mit Sicherheit viel leichter klären und regeln lassen. Deshalb hoffe ich, dass es uns allen immer wieder gelingt, in wichtigen und entscheidenden Momenten das ruhige Gespräch zu suchen und sich nicht vor der (unbequemen) Wahrheit zu drücken. Haben wir den Mut, wenn es drauf ankommt, einfach ehrlich zu sein. Das gibt uns und unserem Gegenüber die Chance, aufrichtig und klar mit Problemen umzugehen, langfristig unser Gesicht wahren zu können und gemeinsam Lösungen zu finden.

Und hier noch mein Lieblingsrezept für einen herrlichen Kaiserschmarren (wobei ich, um bei der Wahrheit zu bleiben, sagen muss, dass es eigentlich ein Topfenschmarren ist. Ein wesentlicher Bestandteil des Rezeptes ist nämlich die Zugabe von Sauerrahm und Topfen):

Zutaten:

300g Sauerrahm, 50g Quark, 2x40g Zucker, 3 Eier, 50g Speisestärke, evtl. Zitronenschale

Zubereitung:

Eier trennen, Eiweiß mit 40g Zucker steif schlagen. Die übrigen Zutaten mischen, Eischnee unterheben und in der Pfanne bei mittlerer Hitze von unten bräunen, dann bei ca. 170 Grad in den Backofen schieben und so lange backen, bis die Oberseite goldbraun ist.

Gute Vorsätze

Es ist wieder soweit. Wir haben 2018 und Sie sind sicher schon eifrig dabei, Ihre guten Vorsätze für das Neue Jahr in die Tat umzusetzen. Wie immer gibt es ja eine ganze Menge zu tun: Unbedingt mehr Bewegung, regelmäßig Sport, die Ernährung umstellen, mehr Bio, mehr Vollkorn, mehr Vegan, überhaupt bewusster genießen und unbedingt weniger Konsum! Öfter mal zu Fuß gehen und das Auto stehen lassen, mehr Zeit mit der Familie verbringen, alte Freundschaften pflegen. Und auf jeden Fall weniger trinken, nicht mehr rauchen sowieso.

Okay, ein, zwei Tage kann man ja noch mal warten, bevor man anfängt....Sie hatten sich schon für 2017 etwas davon vorgenommen? Und Sie sind kläglich gescheitert? Dann kann ich Sie trösten. Scheitern ist zutiefst menschlich!

Wir alle haben genau das schon mal erlebt. Wir nehmen uns etwas vor, weil wir glauben, dass wir es unbedingt wollen. Das Problem: wir schaffen es oft kaum, den Vorsatz auch in die Tat umzusetzen. Unser Gehirn ist nämlich ein ausgesprochen wirtschaftlich arbeitendes Organ. Was es einmal beherrscht, behält es meist bei. Weil es gut funktioniert und weniger Anstrengung und Energie kostet, als neue Pfade auszuprobieren. Das ist eigentlich auch ganz nützlich. Denken Sie nur daran, wie Sie vielleicht Fahrrad oder Auto fahren gelernt haben. Am Anfang kostet es uns eine wahnsinnige Menge Kraft und Schweiß. Aber irgendwann sitzt es. Und dann geht es ganz leicht. So funktioniert Ökonomie.

Etwas an unseren alltäglichen Gewohnheiten zu ändern, bedeutet also erstmal, dass wir eine mehr oder weniger große

Menge an Kraft aufwenden müssen. Und weil der Mensch von Natur aus faul ist, lässt er es lieber. (Die Faulheit ist meiner Meinung nach übrigens die beste Erfindung der Evolution, weil sie uns erfindungsreich macht. Andernfalls würden wir immer noch zu Fuß gehen und Sprachnachrichten stets persönlich überbringen.)

Aber zum Glück gibt es ja so etwas wie den freien Willen, unsere Fähigkeit, bewusst zwischen mehreren Handlungsmöglichkeiten frei zu entscheiden (in dem speziellen Fall der guten Vorsätze wäre das zum Beispiel: Pommes oder Pastinaken, Fernsehen oder Freunde und so weiter...). Nur: mit dem freien Willen scheint es nicht so weit her zu sein. Jedenfalls, wenn man die spannenden Erkenntnissen der Hirnforschung betrachtet. Schon 1979 fand Benjamin Libet Hinweise dafür, dass unser Gehirn bereits entschieden hat, dies oder das zu tun, bevor wir den Eindruck haben, uns ganz bewusst für dies oder das zu entscheiden. Er forderte Versuchspersonen auf, bewusst ihre Finger zu bewegen und sich den Zeitpunkt zu merken, wann sie sich entschlossen, das zu tun. Libet konnte schon circa eine halbe Sekunde vor der scheinbar bewussten Entscheidung der Versuchspersonen an Hirnströmen sehen, dass sie sich entschieden hatten!

Solche Experimente ließen sich aktuell mit den Methoden der modernen Darstellung der Hirnaktivitäten noch viel genauer und exakter wiederholen. In den neuen Experimenten (vor allem durch John-Dylan Haynes, Professor an der Charité und Humboldt- Universität in Berlin) konnte klar gezeigt werden, dass wir offensichtlich nur glauben, etwas bewusst entschieden zu haben, obwohl das Unbewusste schon längst die Entscheidung getroffen hatte. So konnte Haynes in Experimenten mit einfachen Denkaufgaben vorhersagen, wie eine Versuchsperson sich entscheiden würde, und zwar bis zu vier Sekunden bevor diese Person das Gefühl hatte, sich bewusst und frei zu entscheiden. Das bedeutet, dass schon längst eine Entscheidung gefallen ist, bis wir das Gefühl haben, uns bewusst für oder gegen etwas zu entscheiden.

Zum Glück ist es nicht ganz so dramatisch und wir haben offenbar doch die Möglichkeit zum freien Willen. Jedenfalls konnte Haynes vor etwa zwei Jahren in nachfolgenden Experimenten zeigen, dass wir in der Lage sind, bis zu einem bestimmten Punkt der Entscheidungsfindung noch „umzukehren", also uns tatsächlich bewusst gegen etwas zu entscheiden, obwohl das Gehirn eigentlich seine Entscheidung schon getroffen hatte.

Vielleicht hilft Ihnen das ja bei der Umsetzung der guten Vorsätze für 2018. Vielleicht stimmt es Sie optimistisch, dass Sie gegen alte Gewohnheiten doch noch mit der Kraft des freien Willens angehen können.

In solchen Momenten frage ich meine Patientinnen und Patienten einfach oft, wofür sie eigentlich das ein oder andere doch so ungeliebte Verhalten brauchen. Oft gibt es darauf die erstaunlichsten Antworten. Und die Motivation, tatsächlich etwas zu ändern!

Ich wünsche Ihnen allen für 2018 viele Momente der spontanen Veränderung, aber auch der Erkenntnis, dass manche Dinge einfach länger brauchen!

Über Kompromisse

Endlich ist es geschafft. Deutschland hat wieder eine Regierung. Merkel IV, große Koalition in dritter Auflage. Sie als Südtirolerinnen und Südtiroler sind dazu mit Sicherheit besser informiert als die meisten Deutschen. Sie kennen wahrscheinlich schon jetzt jede Besetzung der Ministerien auswendig, dazu die entsprechenden Damen und Herren Staatsminister. Sie haben den Mitgliederentscheid der SPD und dessen Ergebnisbekanntgabe wahrscheinlich live im Fernsehen oder Internet verfolgt und wissen besser als andere, was genau sich eigentlich hinter Seehofers neuem Heimatministerium verbirgt.

Dass ein halbes Jahr nach der Wahl zum Deutschen Bundestag eine Regierung zustande gekommen ist, ist das Ergebnis eines Kompromisses. Genau das hat Rom in den nächsten Wochen und Monaten noch vor sich.

Sie alle kennen Kompromisse, die Sie im Alltag wahrscheinlich regelmäßig immer wieder eingehen müssen, damit es weiter geht und damit Sie eine Lösung für Probleme und Aufgaben finden. Wir brauchen den Kompromiss, wenn wir untereinander klar kommen und unsere Ziele erreichen wollen. Das ist so in der Partnerschaft, im Umgang mit Freunden und in der Zusammenarbeit mit Kolleginnen und Kollegen oder mit Geschäftspartnern.

Ich persönlich gehe zum Beispiel oft Kompromisse ein, wenn ich mit meinen Patientinnen und Patienten das Ziel des Gesundwerdens erreichen möchte. Manchmal haben die Menschen, die meine Hilfe in Anspruch nehmen, eine andere

Auffassung als ich davon, wie ihre seelischen Beschwerden entstanden sind und welche Hilfe und Behandlung sie benötigen, um sich wieder besser zu fühlen. Besonders dann, wenn es aus meiner Sicht sinnvoll und wichtig ist, dass eventuell auch Medikamente zur Behandlung eingesetzt werden sollten. Dann geht es darum, gemeinsam zu schauen, was für uns beide, Patient und mich, jeweils gut vertretbar und annehmbar ist.

Dass solche Gespräche länger benötigen, genauso wie die Regierungsbildung in Deutschland, liegt einfach daran, dass Kompromisse eben keine umkomplizierte, einfache Lösung darstellen. Einfache Lösungen bieten Populisten an. Deren Ideen hören sich oft gut und schnell auch überzeugend an, taugen aber nicht zur langfristigen Lösung von Problemen, weil sie die andere Seite außen vor lassen oder sogar völlig ausgrenzen.

Weil unsere Gesellschaft aber aus vielen verschiedenen Menschen, Gruppierungen, Bedürfnissen, Überzeugungen und Wünschen besteht, können wir auf Dauer nur zusammen halten, wenn die Lösungen für sich daraus ergebende Probleme über den Kompromiss gesucht werden. Nur so kann Demokratie funktionieren, nur so kann gesellschaftlicher Frieden gestiftet werden.

Deshalb sind die einfachen (populistischen) Lösungen niemals Ausdruck von Stärke, auch wenn sie laut und selbstbewusst vorgetragen werden, sondern sie sind ein Zeichen der Schwäche.

Echte Stärke ist die Fähigkeit zum Kompromiss: Er bedeutet, den anderen in seinen Bedürfnissen und Wünschen zu akzeptieren, ebenso wie die Bereitschaft, eigene Wünsche und Erwartungen aufgeben zu können.

Es lohnt sich, dass wir uns alle immer wieder darin üben! Im Gesellschaftlichen, im Politischen genauso wie im Privaten!

Als Christian Lindner von der FDP im Herbst letzten Jahres die damaligen Sondierungsgespräche zwischen CDU/CSU, Grünen und FDP platzen ließ, lag das sicher nicht daran, dass er grundsätzlich nicht kompromissfähig wäre. Wahrscheinlich hatte er einfach nur zu wenig gegessen. Vielleicht war er sogar gerade auf Diät (im Wahlkampf hatte er ja unübersehbar versucht, auch mit einer gewissen Selbstdarstellung seines Äußeren zu punkten....). Hunger macht uns alle nämlich schneller reizbar, ungeduldig, unkonzentriert und reduziert damit unsere Fähigkeit zum Kompromiss.

Möge es also in den nächsten Wochen für alle Beteiligten in Rom ausreichend Pasta geben!

Mut und Respekt

Nein, ich wollte keine Kolumne zu #meToo, auch keine zur Sexismusdebatte und keine zur Genderdiskussion schreiben. Das hatte ich mir fest vorgenommen. Nein, ich will zu diesen Themen mit diesem Text auch keine Position beziehen, weil ich denke, dass dadurch eine differenzierte Betrachtung nicht unbedingt leichter wird.

Und ich will und kann die Thematik nicht juristisch bewerten, weil ich kein Jurist bin.

Und weil jeder einzelne Fall, so unterschiedlich die Geschichten auch sind, eine höchst emotionale, persönliche und oft zutiefst intime Geschichte ist.

Und trotzdem: Genauso wie Sie komme ich nicht drum herum, mich mit diesen Themen zu beschäftigen. Auch wenn es sich von der Sache her um sehr unterschiedliche, sehr verschiedene und klar von einander zu trennende Diskussionen handelt.

Täglich finden sich neue Artikel in den Nachrichten, in den Print- und Onlinemedien. Berichte über sexuelle Übergriffe, von der Nötigung bis zur Vergewaltigung, die die Opfer erst jetzt, nach vielen Jahren, öffentlich machen (#meToo). Berichte über Diskriminierung und Benachteiligung aufgrund der Geschlechtszugehörigkeit (Sexismus) und uns alle behindernde Rollenzuschreibungen (Gender), typischerweise oft am Arbeitsplatz. Vielen dieser Berichte folgen oft zahllose Kommentare und hitzige Diskussionen.

Und genauso wie Sie kann ich mich dennoch kaum dem entziehen, was mir oft ganz spontan mein Gefühl zu diesen Themen sagt. Wie schnell sind wir dabei, uns zu dem ein oder anderen Bericht eine Meinung zu bilden und munter mitzureden (ich tue es ja gerade auch)! Das liegt natürlich daran, dass jeder von uns spontan eine Idee davon hat, worum es gehen könnte und wie die Dinge zu sein haben. All unsere sind Empfindungen sind dabei stets geprägt von persönlichen Erfahrungen, Bedürfnissen und Wünschen. Entsprechend wenig neutral fällt dann oft unser Urteil aus.

Eines haben #meToo, Sexismus und Genderprobleme (obwohl sie sich inhaltlich voneinander unterscheiden und differenziert betrachtet werden müssen) gemeinsam: Trotz aller individueller Perspektiven geht es stets Macht. Macht ist die Grundvoraussetzung für jede Form der Diskriminierung, der Herabsetzung, der Nötigung und der Gewaltausübung. Wenn wir diese tief in der Gesellschaft verankerte Problematik verstehen wollen, müssen wir uns selbst, jeder von uns, zwei ganz grundlegende Fragen zumuten:

• Wo habe ich im Alltag schon mal meine Position, meine Rolle, meine Macht genutzt, wenn es darum ging, meine Bedürfnisse durchzusetzen?

• Und wo bin ich still geblieben, habe nichts unternommen, habe mich nicht gewehrt oder konnte mich nicht wehren, weil ich mich hilflos und ohnmächtig gefühlt habe, als ich herabgesetzt, benachteiligt, oder auch verletzt, ausgenutzt, missbraucht wurde?

Wenn wir uns diese Fragen stellen, dann sollten wir zunächst an ganz alltägliche Situationen denken, in denen wir anderen Menschen gegenübertreten.

Entscheidend ist, dass zwei Menschen, davon bin ich überzeugt, sich nahezu nie gleichwertig gegenüber stehen. Das betrifft Freundschaften und Partnerschaften genauso, wie berufliche Beziehungen. Immer wieder sind es Momente, in denen der eine oder der andere aufgrund der Umstände in einer (und sei es auch nur minimal) stärkeren, mächtigeren Position ist. Entsprechend findet sich der andere in der etwas schwächeren Position wieder.

Im Idealfall sollte dieses Ungleichgewicht keine Rolle spielen. Das aber kann nur gelingen, wenn man sich seiner Position (sei es die des Stärkeren oder auch die des Schwächeren) bewusst ist. Für den Stärkeren bedeutet es, den uneingeschränkten Willen zum Respekt zu haben. Für den Schwächeren bedeutet es, mutig zu sein!

Beides, Mut und Respekt können uns selbst und unser Gegenüber vor Erniedrigung schützen.

Menschen, die heute von Dingen berichten, die ihnen in der Vergangenheit angetan wurden, können den Schwächeren Mut machen, sich zu wehren und den Stärkeren Respekt abverlangen.

Schon allein deshalb sind die aktuellen Debatten zu #meToo, Sexismus und Gender so wichtig und hilfreich. Für Frauen und Männer. Seien wir im Umgang miteinander mutig und respektvoll!

Was macht das mit dir?

Sie begegnen mir inzwischen täglich. Zum Beispiel, wenn sie als Fußgänger vor mir die Straße überqueren oder sich als Autofahrer beim Einfädeln noch schnell in eine Lücke quetschen. Menschen, die den Eindruck vermitteln, andere überhaupt nicht wahrzunehmen. Menschen, die nicht einmal aufschauen, wenn ich wegen ihnen bremse und sie vorbei lasse, die einfach nur, offenbar mit sich selbst beschäftigt, wie selbstverständlich weiterziehen und andere völlig zu ignorieren scheinen. Wahrscheinlich kennen Sie ähnliche Beispiele in anderen Alltagssituationen.

Ich denke, dass sich an solchen Begebenheiten letztlich ein zunehmender Trend zur Individualisierung zeigt: wir haben es inzwischen sehr gut drauf, uns permanent mit uns selbst zu beschäftigen, uns um unsere eigenen Bedürfnisse zu kümmern, weil unsere Möglichkeiten, zwischen verschiedenen Dingen zu wählen, scheinbar unendlich groß sind.

Wir können beruflich aus einem riesigen Topf verschiedenster Ausbildungen und Studiengängen wählen, wir können dank Internet ewig daten, bis die oder der perfekte Partner/in endlich gefunden sein möge. Und wir können unseren Darm beobachten, wir er auf Gluten, Laktose, Fruktose und sonst was reagiert. Auf dass wir immer genau das richtige tun und unsere Bedürfnisse nur nicht aus dem Auge verlieren.

Wir haben den Eindruck, dass wir (mit dem Smartphone in der Hand) jederzeit alles recherchieren, überprüfen und kommentieren können bei einer grenzenlosen Flut an Informationsmöglichkeiten. Unsere Eltern vermitteln den meisten von uns von Beginn an das Gefühl der Einzigartigkeit und wollen unbedingt alles in der Erziehung richtig machen. Schließlich möchte man unbedingt nur das Beste fürs Kind. Nur so kann mir ein erfülltes, zufriedenes Leben gelingen. Scheinbar jedenfalls.

Grundsätzlich bin ich durchaus davon überzeugt, dass genau das alles unser Leben sehr viel besser machen kann. Und dass wir noch nie so erfreulich viele gute Chancen und Freiheiten hatten, um mit höherer Wahrscheinlichkeit als noch vor einer Generation ein erfülltes und selbstbestimmtes Leben zu leben.

Problematisch wird es aber dann, wenn der Blick auf und die Sorge für andere darüber in den Hintergrund tritt.

Beruflich erlebe ich dann oft, dass es Menschen, die zu mir kommen, nicht mehr gelingt, ihren Blick von eigenen Befindlichkeiten weg zu lenken, nach außen und zu anderen hin. So kann ein zufriedenes Leben z.B. nach erlittenen körperlichen wie seelischen Einschränkungen oder chronischen Schmerz nur wieder funktionieren, wenn man es schafft, genau diese Einschränkungen im Sinne der korrigierten Selbstwahrnehmung zu überwinden. Ein wichtiger therapeutischer Ansatz ist es deshalb, dass Menschen mit Behinderungen oder anderen chronischen Einschränkungen die Fähigkeit entwickeln, ihre Wahrnehmung weg vom eigenen Befinden hin nach außen zu richten.

Oft stellen sich in meiner Praxis auch Menschen nach Klinikaufenthalten vor, die davon berichten, wie gut es ihnen getan habe, sich mit Achtsamkeit zu beschäftigen. Wenn Achtsamkeit meint, dass ich möglichst konstant darauf achte, wie es mir gerade jetzt geht, wie ich mich fühle, was mir gerade passt oder auch gerade nicht recht ist, und was eine bestimmte Situation „mit mir macht" (Sie kennen vielleicht diese Frage unter wohlmeinenden Freunden: „Und? Was macht das jetzt mit dir?"), dann ist man sicher auf dem Holzweg.

Wenn Achtsamkeit aber meint, dass ich mir meiner Situation und dem Moment bewusst bin, ohne ständig mit den Gedanken dahin zu flüchten, was wohl als nächstes auf mich zu kommt, was ich als nächstes zu tun habe, welches Problem in der Zukunft zu lösen sein wird (gerade beruflich belasten und stressen solche Gedanken besonders!), dann kann mir das helfen, entspannter und ruhiger zu empfinden und unseren Mitmenschen auch entsprechend positiver zu begegnen.

Überhaupt, das haben zahlreiche Studien belegt, geht es uns besser, je mehr wir uns anderen statt uns selbst zuwenden. Das trifft zum Beispiel besonders auf Menschen zu, die in sozialen Berufen arbeiten oder sich über Vereine, die Kirche oder auch ganz privat ehrenamtlich engagieren. Hinwendung und Engagement zu und für andere wirkt deshalb so perfekt, weil unser Gehirn extrem gut und positiv auf soziale Kontakte reagiert. Sie sind das Futter, das wir brauchen, um mehr Zufriedenheit für uns selbst zu erreichen.

Hintennach

Dass es übrigens nur 11 Kolumnen für 12 Monate sind, liegt einfach daran, dass das Gemeindeblatt im Juli und August wegen der großen Ferien in Südtirol nur einmal erscheint.

Auch wenn sich die Kolumnen nicht direkt mit der Südtiroler Kultur und dem Leben dort beschäftigen, hoffe ich für meine heimisch- hessischen Leserinnen und Leser, dass Sie ganz unabhängig davon vielleicht auch ein wenig von meiner Begeisterung für diese Gegend dort teilen mögen. (Und falls dieses kleine Büchlein in Südtiroler Hände gerät: Sie wissen sowieso, was ich meine.)

In der ersten Kolumne ,Kennen Sie Rom?' hatte ich Ihnen ja versprochen, Sie auf dem Laufenden zu halten. Nachdem ich Anfang 2018 alle Unterlagen nochmals neu und komplett in Rom eingereicht hatte, bekam ich dann kurz nach Ostern tatsächlich meine Zulassung als Arzt und Psychiater für Italien. Mal schauen, was ich in der Zukunft daraus mache. Allen meinen heimischen (Frankenberger) Freunden und Patienten sei versichert: Ihr werdet mich so schnell nicht los. Dazu ist die Gegend hier um den Edersee viel zu schön und meine Arbeit in Frankenberg mir viel zu lieb.

Und was die Südtiroler Viper angeht: Ich habe sie bis heute nicht gesichtet. Das ist auch nicht weiter schlimm. Ich kann nämlich ganz grundsätzlich auf ein Zusammentreffen mit Schlangen aus persönlichen Gründen recht gut verzichten.

Herstellung und Verlag:
BoD- Books on Demand, Norderstedt

ISBN: 978-3-7528-3283-9